俄耳甫斯诗译丛

Giuseppe Ungaretti

Allegria di naufragi

朱塞培·翁加雷蒂

Giuseppe Ungaretti

1888—1970

意大利现代诗人、记者、散文家、评论家。与蒙塔莱、夸西莫多并称“意大利隐逸派诗歌三杰”。

出生于埃及亚历山大城的一个意大利侨民家庭，后赴巴黎留学。1915 年第一次世界大战期间，以普通士兵身份应征入伍。1936 年，接受巴西圣保罗大学之邀，前往当地教授意大利语言文学。

早年受法国象征主义、意大利未来主义的影响，但对其进行了转化并纳入到意大利的传统之中，从彼特拉克至莱奥帕尔迪的伟大的抒情诗流派中汲取养分，进行崭新的创作。被视为现代意大利诗歌革新第一人。在早期《被埋葬的港口》《覆舟的愉悦》两部诗集中，诗风简洁短仄，势如闪电，每个音节雷霆万钧，令人猝不及防。意象所至之处，精确俭素的短句击中直觉的顿悟，呈现出强劲而不失澄澈的巨大表现力，表达出介于感官与顿悟之间令人叹为观止的惊奇。

其后，翁加雷蒂摒弃了偏爱的短句，回归意大利传统的十一音节诗句，作品随之转向长诗。时代的灾难、文明的崩塌、个人如覆舟般的命运与第二次世界大战给人类造成的悲剧感相互交织，组成了贯穿翁加雷蒂后期诗歌的主题变奏。在诸如《时间的情感》《一个人的生命》《痛苦》《老人笔记》《一声呐喊和风景》等作品中，这些主题得以清晰地辨识。

与蒙塔莱、夸西莫多一样，翁加雷蒂也是优秀的翻译家。译有莎士比亚、马拉美等人的作品。

覆舟的愉悦：翁加雷蒂诗选

【意大利】朱塞培·翁加雷蒂 著
刘国鹏 译

译林出版社

俄耳甫斯队列

凌越

在古希腊神话里，有关俄耳甫斯不多的表述，构成了一个极为复杂的诗人形象。这个形象是后世诗人的隐喻，也可以说是某种意义上的谶语。首先，作为河神奥阿格罗斯和缪斯卡莉俄佩的儿子，俄耳甫斯自然是典范的诗人，他的歌声如此动听，以至于可以使树木弯枝，顽石移步，野兽俯首，波浪平息。奥维德在《变形记》中这样描述俄耳甫斯：

> 就是说歌手牵来了这样一个小树林，他坐在
> 中间，被野兽和荒地围绕着，被一群群鸟儿。[1]

---

1 里尔克，《致俄耳甫斯的十四行诗》，林克译。重庆：重庆大学出版社，2015 年，第 129 页。

这是诗歌特有的蛊惑力的形象化处理，诗人依靠自身的凡人之躯，利用自己的歌声（词语）掌握了神奇的力量，在接通词语感应器的某个瞬间，诗人仿佛就是神祇的化身，他是一瞬间的通灵者，他是电光石火间那张智者的面容。

为了凸显俄耳甫斯所掌握的神奇伟力，一种悲剧性的力量一直与其如影随形。在那幅万兽温顺地聆听俄耳甫斯歌唱的宁静画面之后，是其妻欧律狄克被蛇咬伤致死。为了挽回妻子的生命，俄耳甫斯下到地府，以自己的歌声驯服了守护冥界出口的恶狗刻耳柏洛斯，使复仇女神流出眼泪，使冥界王后珀耳塞福涅深受感动。于是，他们准许俄耳甫斯把妻子带回人间，但前提是在走出冥界前，他不能回头看他的妻子，也不能和她说话。

如果故事到此为止，那是诗人和词语完胜死亡和宿命的画面，但那无疑是一种轻佻的胜利，它来得太过轻易而让人生出疑窦。的确，上天不会轻易放过诗人，所有人凭直觉就可以猜测到坎坷的命运还等在后面，警觉的鹰犬埋伏在人生的每一条岔道里伺机而动。

因为长久的寂静所形成的压迫感，因为歌声被封锁在语言的棺椁里，俄耳甫斯终于回过头来，立刻置自己最心爱的人于万劫不复的境地。这是他放弃语言带来的最深重的惩罚，可悖论是，这恰恰也是他必须遵守的契约。在此，诗人的形象越发清晰了，他勇猛睿智，手握语言的利器，似乎无往而不利，但语言本身的复杂，它强大的后坐力往往将诗人置于极为被动的境地。在更长远的视角里，在时间魔术师众多的玩偶里，诗人不得不是那个面对惨景的哀泣者——为死亡，为命运的无常，而之前他所拥有的美妙歌声竟然只是为了镂刻出此刻的悲戚。

悲剧仍在继续，俄耳甫斯因为拒绝参加狂欢秘祭激怒了酒神狂女迈那德斯，而被那些女祭司撕成碎片，但即便如此，俄耳甫斯死后，他被砍掉的头颅仍然在歌唱，而他的古琴也在继续鸣响——也许这浸染着血腥、死亡、悲愤、勇气和骄傲的声音，正是后世一代又一代诗人飞蛾扑火般投入词语队列里的原因吧。以无惧死亡的勇气，去获取平息万物躁动的美妙乐音，这是所有诗人共同的愿景；从这里，他们有望获得俄耳甫斯以死亡练就的语言炼金术，并借由语言而获得永生。

我们将这套酝酿多年的外国诗歌译丛，谨慎地命名为“俄耳甫斯诗译丛”，正是因为俄耳甫斯这个经典诗人形象所蕴含的复杂况味，这个集技艺、勇气、痛苦和不屈于一身的诗人，恰恰是我们这个译丛渴望获得的品质，我们为此精挑细选出霍夫曼斯塔尔、布莱希特、勒内·夏尔、翁加雷蒂、安德拉德这几位杰出的西方诗人，构成“俄耳甫斯诗译丛”第一辑的阵容，我想珀耳塞福涅也会为此再次动容吧，而欧律狄克的苏醒则是所有后来的书写活动所指向的唯一目标。

这个以俄耳甫斯为首的队列，将同时照亮天堂和地府，将使“廊柱震颤不已”[1]，而你所能做的“就是为它们创造聆听之神庙”[2]。让我们像动物那样俯下身来，去倾听那闪光的词语从诗人嘴里所发出的声音。

---

1 里尔克，《致俄耳甫斯的十四行诗》，林克译。重庆：重庆大学出版社，2015 年，第 6 页。

2 同上。

目 录

历史的招魂者

福尔克·鲍尔蒂纳里[1]

开篇之初，一份简单、耳熟能详的简介是合宜的，因为，人生履历中的某些要素已然在其生存构成和文化构造中变得举足轻重，也因此会在朱塞培·翁加雷蒂（Giuseppe Ungaretti）的诗歌中得以触及。1888年2月10日，翁加雷蒂出生于埃及亚历山大城的一个意大利侨民家庭，双亲系卢卡城圣孔库迪奥（San Concordio）人，因作为开凿苏伊士运河的工作人员而移民于此。诚如另一个生活在埃及的意大利作家恩里克·佩阿（Enrico Pea）所描述的那样，翁加雷蒂于1912年赴

1 福尔克·鲍尔蒂纳里（Folco Portinari）：意大利作家、文学批评家、都灵大学意大利现当代文学史教授。

巴黎求学之前，曾就读于雅各伯瑞士法语学校（Ecole Suisse Jacob）并与亚历山大的无政府主义者有所接触。在非洲度过的青少年时光，以某些关键字眼，如荒漠、游牧民族、绿洲、贝督因人、茉莉等，丰富着他的诗篇，成为那段历史的招魂者，满载着象征意味。

在巴黎求学期间，翁加雷蒂接触到当时欧洲的先锋艺术家。1915 年第一次世界大战期间，翁加雷蒂以普通士兵身份应征入伍，在卡尔索和法国前线作战。战后返回巴黎，直至 1921 年移居罗马。那么，可以将其定义为法语诗人吗？毫无疑问，是的。翁加雷蒂的首批诗作系法语写就，而法国诗人也是他最初的启蒙老师（这条脐带从未真正被剪断过）。

那些年，意大利人民过得并不太平，反而是备受煎熬。1936 年，翁加雷蒂受巴西圣保罗大学之邀，前往当地教授意大利语言文学。在此期间，翁加雷蒂承受了丧子之痛，其第三部诗集《痛苦》（*Dolore*）中的部分诗作即为悼念幼子的。翁加雷蒂在大洋彼岸任教至 1942 年，同年返回罗马，任罗马大学意大利现当代文学教授，直至 1958 年退休。1970 年 6 月 1 日逝世于米兰。

从上述简略的人生历程可以看出，翁加雷蒂从20世纪初的巴黎文化环境中汲取养分，那是一个面临着严重思想危机的时代，一切价值观、文化架构及系统均遭到严峻的质疑，以法国首都为中心，诗歌、音乐、造型艺术均爆发了前卫革命，上述革命的几乎所有头面人物都齐聚于此，从毕加索到斯特拉文斯基，从马里内蒂到康定斯基，从阿波利奈尔到格特鲁德·斯泰因等。在巴黎，翁加雷蒂结识了索费齐[1]和帕拉采斯基[2]，也是在这一时期，开始了和意大利前卫杂志《拉切巴》（*Lacerba*）的合作。他的第一批诗作（大约创作于1914年）于1915年分别发表于《拉切巴》（*Lacerba*）及《黛安娜》（*La Diana*）上，追根溯源，不难看出拉弗格，尤其是阿波利奈尔和马拉美的影子，阿波利奈尔也同样影响了克拉齐尼、帕拉采斯基、索费齐。

翁加雷蒂第一本薄薄的小册子《被埋葬的港口》（*Porto Sepolto*）1916年出版于尚是战场的乌迪内，1919

1 阿尔登科·索费齐（Ardengo Soffici）：意大利作家、诗人、画家。
2 阿尔多·帕拉采斯基（Aldo Palazzeschi）：意大利作家、诗人、记者。

年再版时增加了《最后的日子》(*Derniersjours*)里的部分法语诗，并更名为《覆舟的愉悦》(*Allegria di naufragi*)。该诗集于1923年再版时又被重新命名为《被埋葬的港口》，而1931年再版时最终定名为《覆舟的愉悦》。翁加雷蒂曾经写道："许多人十分好奇我为何将第一本诗集命名为《被埋葬的港口》。大约16和17岁，或者稍晚，我结识了两位年轻的法籍工程师蒂勒兄弟：让(Thuile Jean)和亨利(Henry)。我们共同的兴趣便是写作……这两位朋友从其父亲手里继承了许多精心筛选的藏书，并以当代诗人与作家的作品丰富了这批富有浪漫主义色彩的藏书……蒂勒兄弟曾多次向我提及一个港口，一个被湮没的港口，其历史甚至可追溯至托勒密时期，证明亚历山大之前就存在着一个同名的港口……对于其历史，我一无所知。我的故乡之城日益憔悴并渐渐消逝。假如一切都荡然无存，甚至连前一刻发生的事情都无法存续，我们又将如何重觅其根源？……书名便来自那个港口。"在另一处，翁加雷蒂也提到："任何一个被湮没的港口也是一切我们无法解读的秘密。"

对于第二个书名，翁加雷蒂解释说："很多人认为诗集原来的名字——《覆舟的愉悦》，有些怪异，如果周遭的一切不是时间的遇难者，不被岁月吞没、窒息、折磨，或许才是真正的非同寻常。一切的瞬间因其稍纵即逝而带来欣喜，这瞬间，是唯有爱可以从岁月的手中扯下的瞬间，这爱，是死亡也无从战胜的爱。正是从那里，若死亡君临的感觉无从驱散，瞬间的欣喜，那喜悦的泉源将永不会涌现。”

从以上两段互为补充的表述中（围绕某些字眼如瞬间、虚无、秘密、岁月、爱、死亡、意识等），人们不但能够捕捉翁加雷蒂第一本诗集的思想，甚至还包括诗人的整体诗学，这一诗学体现在其形式、结构、哲学要素当中，发展、演化，但从不自相矛盾，也从未被超越。一本诗集的每一次再版，都会出现不同程度的作品修订，某些诗作修改程度之大，简直可以新作等同视之（不过，并不因此损害此前作品的本质），这一修改也是首批批评成果，也就是说，翁加雷蒂的诗，处于运动之中。

的确，从帕拉采斯基到里波拉[1]，从索费齐到斯巴

1 克莱蒙特・里波拉（Clemente Rebora）：意大利诗人。

尔巴罗[1]，几乎每个作家的作品都会出现重写和变动，通常是为了删减一些过于前卫或“非诗”的表达和形式，从而在最大程度上维护诗歌在传统意义上的尊严：对传统进行修复而非复兴，是一战结束初期的典型回流现象。

翁加雷蒂的诗作中，也可以看到类似现象，但是，对于最初发表于《拉切巴》的大多数作品而言，最常见的改动集中于碎片式的、闪电般的灵感（绝非印象主义式的），不断地从叙述困境或叙述冗余中加以剥离，从而约减至近乎陈述的地步。作品首先围绕着最原始的元素——词而展开，一个词独立存在，具备巨大的语义能指，允许某种具有自主性的最大程度的表意扩张，正如康提尼所言，一个自给自足的“单子”（monade）。由此，韵律和句法被整合为某一句诗行，这一诗行倾向于围绕那个词而不偏不倚地自成一体，并进行自我简化，与此同时，类比手法摇身一变成为最贴切的逻辑与认知模式。

其结果，抵达了表现在那些“可耻的”简短、极具

1 卡米罗 · 斯巴尔巴罗（Camillo Sbarbaro）：意大利诗人。

始基性的陈述性诗歌中的实质，这些诗几近格言，如《永恒》(*Eterno*)：

“一朵采摘的花和一朵馈赠的花之间
无以言表的虚无”

或者《晚霞》(*Tramonto*)：

“天空的红润
绿洲向着
爱的流浪者苏醒”

或者《今晚》(*Stasera*)：

“今夜，微风的
栏杆，只为倚放
我的忧郁”

或者名闻遐迩的《清晨》(*Mattina*)：

“我破晓
无远弗届”

上述诗句，通过自然之物（鲜花、蓝天、清风、大海……）表达出介于感官与感伤之间令人叹为观止的惊奇，进而达到极具始基性和浓缩的程度，体现出伟大的新颖，以及源自翁加雷蒂诗歌自身的最为激进的创新。

翁加雷蒂打破了传统诗歌的规则，甚至是整个结构。这一点，只要观察一下诸如比较性意象的选择，就足以说明问题，这一选择保留着大自然和种种现象所带来的启发，并以最为经典的隐喻模式加以展开：

“死灰色的海
甜蜜的不安颤动
犹如一只鸽子”

或者

“我长大了

犹如弯曲的茎干上
皱巴巴的布条”

或者

“一如这块石头
是我的哀痛”

或者

“我犹如
可怜的小船
犹如淫荡的
大海”

或者

“我采摘这
白昼，犹如

自个儿变甜的水果”

尽管如此，翁加雷蒂保持了某种信任，它逐渐浮现直至令人信服地成为最为明确的诗歌理由。

翁诗中所展现的话题（带着那种“喜悦”所宣告的激情，因此也是重新开始的希望和能力）围绕着相互对立的生存焦虑、肉体的沉沦以及引向救赎目标的紧张，后续诗作被赋予日益浓厚的“基督教”色彩。“羊—狼”（agneau-loup），羊和狼的结合体，被视为受罚之人的象征，生物、人类和大自然面临着同样的命运，被置于战争或人类生存环境的令人绝望的悲剧之中，在此，勇气成为一种奢望。在“羊—狼”境遇中，上帝戏剧性的、温情的临在是向着绝对者的奔冲。由此，诗歌的暧昧，拽紧了终极与历史、记忆与回忆、怀旧与情感之间背道而驰的矛盾，并讽刺性地从将“喜悦”及“覆舟”紧密连接在一起的诗集名称中得以彰显。

从第一部诗集的最后几首诗开始，诗人已然在开创一个在某种意义上与之前的诗作大相径庭的新阶段，即不再致力于如何打破传统格律，而是对重新发现的素材进行重组，重建诗节和修辞。这便是《时间的情感》（*Sentimento del tempo*）的新颖之处，该诗集 1933 年出版，1936 年进行了修订。

需要重申的是，一战后，整个意大利文化，包括诗坛和政坛，都存在着一种趋势，即寻求和维护一种可以重新安顿混乱现实的安全稳定的秩序。另一方面，《声音》（*Voce*）杂志的作者们又何尝不是在寻找某个能够确保一切价值的合理性的新秩序?《巡逻》（*Ronda*）杂志的新古典主义不也试图修复那被黄昏诗派及未来主义讥讽和拒绝的崇高？除了抵制颠覆的秩序，彼时的政治纲领又能承诺些什么呢？实验主义的辉煌在那场前所未有的最为可怕的战争所造成的废墟中黯然落幕。

在 1922 年出版的《巡逻》杂志上，翁加雷蒂写道："奥秘是存在的，就在我们心里。只要不将其遗忘。奥秘是存在的，并与奥秘并存，相同的步履，相同的尺度。"数年后，在谈及《颂歌》（*Inni*）时（新诗集中的部分），翁加雷蒂认为："问题不再是如何理解那工具性地阐明奥秘感的尺度，而是在一场语言危机面前睁大双眼……换言之，即面对摧毁文明的威胁。"以上两段注解可作为理解《时间的情感》的前提。如果说在《覆舟的愉悦》中，人们冒着危险从一种历史的机遇中去获取安全和好不容易从历史的困境中摆脱出来的秩序，那么，在《时间的情感》中，人们则立足于一套玄学系统，重新回头去理解历史的临在，问题在得到可靠的答案之后被提了出来（那一问题的答案成为某种反复出现的程序。“翁加雷蒂，悲痛之人，一种鼓起勇气的幻觉对你而言就已足矣。”对于悲痛者而言，一种幻觉就足够了，他试图鼓起勇气，想要因此得到安慰），那一幻觉和今天的确定性具有相同的本质，虽然如此，或者说，恰恰由于一种根本上是基督教的本体论秩序内部的摩擦，这一确定性得以被寻求和安置。

翁加雷蒂将法国先锋主义的经验（诸如拉辛、帕斯卡尔、马拉美和瓦莱里）视作珍宝，但对其进行了转化并纳入到意大利传统之中，并从彼特拉克至莱奥帕尔迪的伟大的抒情诗流派中，寻找更新过的声音。同样地，翁加雷蒂重新恢复了传统的十一音节诗句（endecasillabo），作品随之从《覆舟的愉悦》的分音节和陈述句转向长诗。存在式基本话题，此前诗句被约减至霹雳般的分音节字，而今又重新回归传统的句法及韵律结构，信仰上的焦虑亦通过象征、肉体和情感的方式得以强化。翁加雷蒂采用了大量巴洛克式复杂的隐喻及神话式写作手法（巴洛克是继彼特拉克和莱奥帕尔迪之后，翁加雷蒂的第三大“发现”）。死亡变成了死神，神话人物如克罗诺斯与塞壬，阿波罗与朱诺，该隐与宁芙们，均被安置于一场介于欲望与怜悯，沉沦与救赎，诱惑与幻想，神恩与理智之间的基督教式的冲突当中。

需要重申的是，格律的选择并非一个抽象的程式，其本身就是一个能指，并从自身生成一个意思。在《时间的情感》中，《颂歌》和《歌集》（*il Canto*）居于中心位置，但是，这是一组充满情欲的、而非含情脉脉的歌集，贪恋的“肉体”依旧桀骜不驯，在一个以人为中心的、对最终的自由充满信心的重建的宇宙中，面对上帝时也毫不温顺。在一首关于被从伊甸园放逐却依旧无法忘怀“从前”的沉沦之人的戏剧性的诗歌中，该隐成为英雄，一个在欲望和对清白的渴求之间被无情拉扯的矛盾形象。

不过，在此还只展现出一场莱奥帕尔迪式的、理智的哲学探讨，而方式则是陈述性的，由此而表现出的诗句则简单而坚定。无论如何，从那时候起，悲剧性诗歌便成为翁加雷蒂持久的抱负，但始终是一个碎片化的方案（只要想一想《应许之地》（*Terra promessa*）和《时间的情感》之间的紧密关联便可）。悲剧的舞台，不仅仅代表着乏味（乏味意味着不安，相当于法语里的ennui，是煎熬：一种令人振奋的悬搁和想要逃离的不适状态）、时间（这里不可与历史相混淆，后者只是时间的局部的约减：而时间则是历史之轴，是吞噬亲生孩子的克罗诺斯，同时，亦是“之前”与“之后”的时间，即历史之前，和死亡之后）、贪恋（“当贪恋爆发／时间改变，易怒的你游荡／带着我的过去逃离我”）和死亡，而是将之呈现在一个乐观和自信的视角之下：“自其余的倾盆大雨我聆听一只鸽子”，或者“新的闪烁将卷土重来”。海难之后终将回归平静的港湾，好比雷雨过后的一只鸽子，直到在上帝的港湾覆舟。事实上，翁加雷蒂也如此描绘自己：“一首渴望重建创造物与上帝关系的悲剧之诗诞生了，换言之，重建神秘与真实的关系。”

在创作《时间的情感》期间，翁加雷蒂居住于意大利并以记者身份发表了大量文章，其中，尤以都灵的《人民日报》（*Gazzetta del Popolo*）为主，部分文章被收录于1961年出版的《沙漠及沙漠以远》（*Il deserto e dopo*），并在某种意义上构成翁加雷蒂后续诗歌创作的基础。尽管和诗集《情感的模式》（*moduli del sentimento*）保持着内在的一致，翁加雷蒂却将第三阶段的诗作整体命名为《一个人的生命》（*Vita d'un uomo*），并重新和诸如《覆舟的愉悦》之类的历史悲剧建立起联系。于1947年出版的诗集《痛苦》围绕着三个大的人生事件：胞兄、幼子安东内托（Antonett）的去世，以及第二次世界大战的悲剧：从普天同悲到一种更为隐秘、熟悉、私人化的、个体的痛苦。

“我被以一种极度粗暴的方式加以注视，失去年仅9岁的幼子后我方才意识到死亡为何物。那是我生命中最为悲痛的事件。我清楚死亡意味着什么，在此之前便已知晓；然而，唯有当我最美好的部分被夺走，自那一刻起，我才开始切身地体验死亡。《痛苦》是我最喜爱的诗集，是我在最可怕的年代，扼着咽喉完成的。”翁加雷蒂如此写道，并特别谈及该书的核心片段，由17首诗组成的《日复一日》（*Giorno dopo giorno*），原命名为《日记》（*Diario*），作品中，诗人想象与幼子对话。此刻，象征（因为，死亡是《时间的情感》的基点）向人物、事件和在折磨与慰藉之间得以悲悯和强化的情感让位，当然，也包括向战争让位。如今，历史已不同于《覆舟的愉悦》时的历史，祈灵于雄辩术，一首以祖国为主题的最为悲剧性的长诗。

一方面：

“岁月，谁知道，将会带给我
什么别样的恐惧，
但是，我依然感觉得到，你近在咫尺，
带给我安慰……”

（《日复一日》）

另一方面：

“此刻，山羊和绵羊

惊慌四散，沿着大街
那已是都市的大街，使它们悲痛；
此刻，一个历尽海外流亡
撕裂的民族，
经受着流放
愚蠢的不公；”

（《还有你，我的河流》）

而中间，或许是一条（门的）铰链，是翁加雷蒂诗歌中最古老的天命：“来吧，在翱翔的风景中，我能让 / 纯真的话语重新发声。”

而今，翁加雷蒂的修辞技巧，在一种趋向抽象手法的巴洛克式的复杂句法构造中，臻于形式上的完美巅峰。此处的焦虑成为拯救古老人类的焦虑，是将传统传递给我们的文明进行整合的焦虑。恰恰在这个地方出现了差异：在一个充满深刻危机的时代，危机使得诗人们将各自的生存悲观引向消极的本体论［诚如意大利诗人蒙塔莱所说：“那无以使我们成为我们的，我们不稀罕”（ciò che non siamo, ciò che non vogliamo）］，而翁加雷蒂则在其充满“覆舟”的“愉悦”的个人命运中，发出了罕见的、扎根于对人类命运充满信任的乐观声音，对于诗人来说，这一命运随后则以富有诗意的宗教性体现出字里行间和诗篇中的乐观的自信：在失去一切信仰的悲剧性的半个世纪中，这是翁加雷蒂人生路途中不变的主线。

如果说，在《痛苦》中，古老的人类在命定的悲剧中寻觅或祈求，那么，明天将在神话与寓言中重新追寻：这便是出版于1950年的《应许之地》的主题，从1932年起，翁加雷蒂便已构思和酝酿这一诗作（当时，翁加雷蒂致力于翻译贡戈拉，以及莎士比亚、拉辛、布莱克和马拉美等人的十四行诗，并在译诗和创作于沉思之际的诗篇之间建立起越来越恰如其分的交流）。

该诗集的核心是《狄多灵魂状态的描述性合唱》（*Cori descrittivi di stati d'animo di Didone*），一场会一再发生的悲剧片段，也是一项尚未完成的计划的片断。“19篇合唱试图悲剧性地描写青春最后的微光和个体的分离，或者，与某种文明的分离，因为，文明也会经历诞生、壮大、衰微和陨落。这里试图置身于一段经历了消亡，使人反感、痛苦和绝望的神志昏迷的爱情，以幸福时刻的重现，迷惘的不确定性，以及令人不安的羞怯来赋予一出悲剧以切身的体验。”

狄多“便是人性与道德之间对抗的经验”。

翁加雷蒂的诗作越来越频繁地触及记忆和缺席，也就是说，源于历史偶然性的诗作。在此意义上，《应许之地》与1960年出版的《老人笔记》（*Taccuino del vecchio*）合成一本完整的诗集，作为悲剧性诗作的续篇，并敏锐地将那位“老人”及其眼中的存在性维度呈现出来。

《老人笔记》包含二十七首《最后的合唱》（*Ultimi cori*），其中，翁加雷蒂的传统主题，诸如时间、神秘、尺度、不安和焦虑，得以清晰辨识，而今，这些主题经受了因年岁递增而带来的智慧的过滤，它略略平息了《颂歌》中的欲望、激动人心和手足无措的狂躁，取而代之的是焕然一新的、更加简洁的清明，也正因为这一智慧、结构，以及其中所蕴含的形式和韵律原因，使得试验风格面目一新。但是，自《覆舟的愉悦》以来，那处于时间中的事物，在一个总是在某种大地上的“流亡者”“流放者”的状态中流淌的时代，就变得“与异类无异”。狄多、帕利努鲁[1]等悲歌中的人物，集古老的欲望、折磨、希冀和慰藉于一身，在某种最高的意义上，与1952年出版的诗集《一声呐喊和风景》(*Un grido e paesaggi*)中的《小小独白》(*Monologhetto*)一道，构成了悲剧性的范例。

最后，犹如神龙摆尾，以一种最为甜蜜的忧郁和出乎意料的方式，爱重新总结了诗人漫长的一生及其诗歌生涯的意义。此刻，这首为某位现实中的女性而创作的牧歌，如此罕见和隐秘，由于死亡的君临，从而迫不及待地、试图跃跃欲试地打断话题。那是1969年：

“太阳在你里面闪耀
与复苏的黎明一道。
能让我出于不得已，相信
兴高采烈的大海？
今天是肉体的骗局

1 帕利努鲁(Palinuro)：拉丁文原名为Palinurus(巴利纽拉斯)，为维吉尔的史诗《埃涅阿斯纪》中埃涅阿斯舰队的舵手，后来被当作导航员或向导的通称。

持续损坏一颗因
极度兴奋而疲惫的心。

每一个目的都使它失望
除了结束，请勿回返
奇迹，双目失明。”

（《独白》）[1]

（徐嘉娜、刘国鹏　译）

1　《独白》（*Soliloquio*）：创作于 1969 年。

永恒

一朵采摘的花和一朵馈赠的花之间
无以言表的虚无

厌倦

此夜亦将逝去

孤寂在徘徊
潮湿的沥青路面上
踌躇的有轨电车线

我注视着马车夫们的脑袋
在睡梦中
起伏

东方

蒸汽的

轮廓定格为

远处空中的圆圈

蜂拥的鞋跟和挥动的手

竖笛刺耳的声音

大海是苍鹭

颤动着不安的甜蜜

如同一只鸽子

船尾，身穿虎斑纹衣服的移民在起舞

船首，一个年轻人形单影只

安息日晚上，此刻
下面
以色列人
将死者
放进
蜗牛的漏斗里
光线
的小巷
的犹疑

水混沌不清
如同我憎恶的船尾的嘈杂
里面有睡眠
的
阴影

或许会诞生

有雾将我们消弭

在此之上或许会诞生一条河流

我谛听湖中塞壬的
歌声，那湖曾是一座城池

非洲的回忆

太阳劫掠着城市

目中荡然无存

甚至坟墓也招架不住

五月的夜晚

天空位于尖塔
的顶端
蜡烛的花环

画廊里

群星的只眼
自那池塘暗中监视我们
在梦游症患者的厌倦
水槽上
沥净它冰冷的祝福

悲欢离合

连坟墓也遁于无形

无数黑色的空间
自这座阳台
沉入墓园

在这里我重新找到
前天晚上遇害的
阿拉伯战友

日子周而复始

坟墓卷土重来

隐伏在最后黑暗的
阴郁的绿色里
隐伏在第一缕明亮的
浑浊的绿色里

记忆中

洛克维查　1910 年 9 月 30 日

他叫
莫阿麦德 · 赛阿布

游牧民族穆斯林酋长的
后裔
他自尽了
因为祖国已
不复存在

他热爱法国
并一度更名

马塞尔

但他并非法国人士

他也不会再

生活

在族人的帐篷里

聆听《古兰经》里的

赞美诗

品着咖啡

他也不会

对自己的放弃

引吭

高歌

我曾陪伴他

一起到我们落脚的旅馆

女老板那儿

在巴黎

卡尔梅街 5 号

斜坡里的一条凋敝的巷子

他憩息

在教区的伊夫黑

公墓，印象中

那一直是

一头

猛兽腐烂的一天

或许只有我

知道

他还活着

沙漠整洁的金色

烟雾中，翅翼的摇晃
划破了双眼的寂静

珊瑚随风掰食
亲吻的饥渴

拂晓时我脸色苍白

生活将我一股脑倒入
怀旧不规则的花纹里

此刻，从世界无数的斑点里
我照见昔日的同伴

并且嗅出了方位

直到在旅途的摆布中死去

我们的睡眠停止了

太阳的哭泣变得微弱

我身披整洁的金色
温热斗篷

自怀中这片荒凉的
温柔，向着美好时光
我伸出双手

守夜

四峰山　1915 年 12 月 23 日

整整一夜
我被扔在一个
被杀害的同伴
身旁
他牙关紧闭
嘴巴
朝向一轮满月
双手满是
鲜血
血，渗入我的沉默
我写下了
足够的情书

我从来不曾

如此

眷恋生活

今晚

维尔萨　1916年5月22日

今夜，微风的
栏杆，只为倚放
我的忧郁

沉默

玛利亚诺　1916年6月27日

我熟悉一座城市

日日艳阳高照

那时节，一切尽遭劫掠

一天晚上，我动身离去

心中，蝉的铿鸣

萦绕不绝

自漆成

白色的船上

我看到

我的城市消失了

只留下

仅仅

一怀抱的光亮，在浑浊的空气里

悬浮

重量

玛利亚诺　1916 年 6 月 29 日

那位农夫
信赖圣安东尼
的像章
他无忧无虑

而我携带着我的灵魂
全然孤单，全然赤裸
毫无幻想

兄弟们

玛利亚诺　1916年7月15日

哪支部队的
兄弟们？

夜里
颤抖的话语

树叶初萌

疼痛的空气中
人类情不自禁的
反抗，显出他的
脆弱

兄弟们

曾经

博斯克·卡布丘山
有着绿色天鹅绒的
斜坡
像一把舒适的
扶手椅。

孤身一人
在遥远的咖啡馆里
昏昏欲睡
伴着微弱的灯光
一如今夜月亮的
光线。

我是一个造物

一如圣米凯莱的
石头
如此冰冷
如此坚硬
如此干燥
如此执拗
如此全然
令人沮丧

一如这石头
我的哭泣
无人目睹

死

让生

打了折扣

半寐半醒

瓦隆切罗–奇玛瓜特罗　1916 年 8 月 6 日

我照看被凌辱的夜

空气千疮百孔
犹如壳中蜗牛般
缩在
战壕里的
士兵
枪击的
饰带

于我，似乎
一群焦虑的
石匠

在锤击

我家街道上

火山岩

铺就的路面

半寐半醒间

我听得到

却看不到

河流

科第奇　1916年8月16日

我抓住这遗弃于溶斗中
残缺的树
这溶斗有着竞技场的
忧郁
在演出前后
我眺望
月上云朵
寂静的漫步。

清晨我躺在
·个水缸里
如同一具圣骨
我憩息

伊松佐河[1]在奔流

冲刷我

似乎我是一枚河中的石子

四肢

自水中抽离

而后离开

如同一个水上

杂技演员

我蹲在

肮脏的

军呢大衣近旁

如同一名贝督因人

屈膝承受

太阳的光芒

---

1 伊松佐河（Isonzo）：意大利北部河流，全长138公里，第一次世界大战期间，翁加雷蒂曾于此地驻防。

这是伊松佐河
这里好多了
我认出自己
大千世界中
一根驯顺的纤维

我的折磨
乃是当我
无从相信
和谐

而那浸泡在我身内
隐蔽的
手
赠予我
稀有的
幸福

我重历

生命中的

重大时刻

诸般时刻是

我的河流

这条是塞尔琪奥河[1]

或许两千年前的

人们，我的同胞

就从中汲饮

包括我的父亲、母亲。

这条是尼罗河

它目睹我

出生、成长

在寥廓的平原上

浑然不觉地炽晒着身体

---

1 塞尔琪奥河(il Serchio)：意大利托斯卡纳大区内第三大河流，全长126公里。

这条是塞纳河
在它浑浊的河水中
我激动不安
我意识到

我的河流们
在伊松佐河相汇

这是我的乡愁
人皆有之的乡愁
隐约地向我显现出
此刻已是夜晚
而我的生命，似乎是
一顶漆黑的
冠冕

朝圣

瓦隆切罗–阿尔贝罗–伊索拉多　1916 年 8 月 16 日

设伏

在这些废墟的

腹腔中

一个时辰，又一个时辰

我拖着

被污泥用旧的

骨架

犹如

一张鞋底

或一粒

白刺芹的籽儿

翁加雷蒂

一钱不值的人
一道幻象就足以
使你鼓起勇气

远处的
反射镜
在雾中，呈现出
一面大海

千篇一律

瓦隆切罗–阿尔贝罗–伊索拉多　1916年8月22日

我徘徊于两块墓石前

倍感憔悴

在天空

暗淡的

穹顶下

小径纷乱

支配着我的盲目

没有什么比千篇一律

更为荒凉

曾经

我不晓得
任何事物
皆可如此
甚至
天空在
黄昏时的衰微

在非洲，我平静的
大地上
消逝于空中的
一缕琶音
令我满血复活

美丽的夜晚

戴维达克　1916 年 8 月 24 日

今夜，哪一首歌会响起
以内心水晶般的回声
编织
星辰

赴婚的心
何等清新的喜悦

我一度是
幽暗的池塘

而今，我啃噬着
空虚

犹如婴儿吮吸着乳房

而今，我因畅饮天地而
酩酊大醉

天地

戴维达克　1916 年 8 月 24 日

我与大海
一道成为
一口清新的
棺材

昏昏欲睡

自戴维达克前往圣米凯莱的途中　1916 年 8 月 25 日

这些山脊
横卧
在幽暗的山谷里

除了
蟋蟀的唧唧
一无所闻

那叫声伴随着
我的不安。

卡尔索的圣玛尔提诺

这些房屋
仅留下
几处
残垣断壁

那么多
患难与共的同伴
活下来的
屈指可数

然而我的心里
谁的十字架也不曾缺少

我的心啊
是备受毁损的家园

分离

洛克维查　1916 年 9 月 24 日

看呐，一个单调的
人

看呐，一个荒芜的
灵魂
一面无法穿越的明镜

它碰巧在我身上苏醒
与我结合
将我占有

那生我于世的非凡的善

如此缓慢地将我分娩

而当它持续时
它却如此冷漠地熄灭了

意大利

洛克维查　1916 年 10 月 1 日

我是一位诗人
一声众志成城的呼喊
我是一个梦的凝块

我是一颗
无数冲突的接穗结出的果实
成熟于某一个夜晚

而这同一片土地上长出
你的人民
也为我长出
意大利

身着你士兵的

戎装

我休息时

宛如父亲的

摇篮

告别

洛克维查　1916 年 10 月 2 日

尊敬的
艾托雷·塞拉[1]
诗
是世界、人性
自身的生命
从语言里开出的花
一粒发狂的酵母
造就的清澈的奇迹

当我在沉默中

1 艾托雷·塞拉：意大利诗人、政府官员。翁加雷蒂的挚友、推崇者和不遗余力的支持者，曾于 1916 年在意大利乌迪内为后者出版其第一本诗集《被埋葬的港口》。

找到

一个词

就仿佛在我的生活中

凿出一道深渊

覆舟的愉悦

维尔萨　1917 年 2 月 14 日

旅途即将
重新开始
犹如
覆舟后
一名死里逃生的
老练的水手。

圣诞节

那不勒斯　1916年12月26日

我无意

跃入

道路

交错的线团

肩头

疲惫

如许

就这样，让我

像一样

东西

丢在

角落里

被人遗忘

这里

除了

舒畅的温热

你什么也感受不到

我

与四缕

灶烟里

飘荡的

翻腾的烟圈

同在

夜晚的石灰岩溶洞

那波里　1916 年 12 月 26 日

今夜
的面孔
干涩得
如同一张羊皮纸

雪，这柔软
如钩的
游牧者
彼此分离
如同卷曲的
树叶一片

无尽的

时间

支配我

宛如一阵

窸窣

清晨

圣母马利亚·拉·隆卡　1917年1月26日

我破晓
无远弗届

安眠

圣母马利亚·拉·隆卡　1917年1月26日

我愿效法

这村庄

躺卧

在它白雪的

法衣中

远方

维尔萨　1917 年 2 月 15 日

远方　远方

以手牵我

一如引导盲者

享受

维尔萨　1917 年 2 月 18 日

我感到自己在发烧

这阳光充溢

的灼烫

我像接纳

变甜的果实一般

迎接此日

今夜

内心将涌现

一阵悔恨，如同

消逝在

沙漠
里的一声
狗吠

另一夜

瓦洛内　1917 年 4 月 20 日

在这黑黢黢的
山上　双手
已冻僵
我分辨出
自己的脸

我看到自己
被遗弃在无限之中

六月

冈波隆戈　1917 年 7 月 5 日

今夜

若

我将死去

我会像另一个人那样

凝视它

我将在

波浪的

窸窣声中入眠

波浪翻卷

消逝于

家中

金合欢编织的围墙

当我在你的体内
苏醒
你的身体婉转抑扬
如夜莺的歌声

歌声渐渐衰弱
如成熟谷粒的
颜色
闪闪发光

在水的
透明中
你金色的
皮肤
将会蒙上一层
古铜色的霜

你将如一只
豹子

自空中
鸣响的
气流层
翱翔

你将在阴影
多变的
伤口
脱落

我将窒息
在尘土中
发出哑默的
嘶吼

而后，我将目睹
晴朗
在你彩虹的沥青
铺就的地平线上杀死我的

瞳孔

如今
晴空闭合了
犹如
此刻
茉莉花
在非洲我的家乡

我睡意全消

犹如一只萤火虫
我踌躇于
街头的歌声

今夜
我可会死去?

火焰玫瑰

瓦洛内　1917 年 8 月 17 日

铃声不息的
汪洋之上
浮现出
另一个出其不意的清晨

流浪者

马伊营地　1918 年 5 月

大地上
无
处
容我
安家

对于我遇见的
每一个
新的
环境
我憔悴不堪地
发现
我之前早已

习惯了

它

我总是一再地离开

外乡人

自过于老练的

世纪返回

重生

享受

最初的生命

仅仅一秒

我寻觅一个无辜的

家乡

宁静

博斯科·迪·库尔冬　1918 年 7 月

重重浓雾

之后

群星

渐

次

苏醒

我呼吸

为我留下

天空素颜的

清新

我辨认出自己

转瞬即逝的

形象

摄取在一次不朽的

短途

士兵

他们犹如
秋天
树上的
叶子

孤独的梦

阴影里的尼罗河
美丽的棕色人种
水流的衣裳
取笑着火车

逃亡

卢卡城

在埃及，我的家里，晚饭后，念起《玫瑰经》，
　母亲给我们讲起这些地方。
我的整个童年都是令人惊奇的。
城里有严谨和狂热的交通。
墙内留住的都是过路者。
这里，出发就是目标。
我坐在酒馆门口乘凉，一起的人们同我讲起加
　州，犹如一处他的农庄。
我怀着惊恐暴露在这些人的特点中。
而今，我感到死者的血液温热地奔跑在我的血
　管中。
我也扛起一把锄头。
在大地冒烟的大腿部，我暴露出讪笑的意图。

别了，愿望，乡愁。

我了解一个人尽其所能洞悉的过去和未来。

而今，我认识到我的命运，我的来源。

留给我的，已没有什么可供亵渎，可供梦想。

我享受一切，忍受一切。

留给我的只有对死亡的顺从。

因此，我唯有安然养育后代。

曾经，一种邪恶的欲望将我推向致命的爱情，我赞美生命。

而今，我想，爱情犹如一张商品保修卡，连我也，看到了死亡。

祈祷

我将要从混乱的
微光中醒来
进入澄明而惊奇的领域

我的重量将使我变得轻盈

主啊，请允许我的船倾覆
在那年轻人发出呼喊的初日。

哦，夜晚

1919 年

自清晨寥廓的忧烦
桅杆苏醒。

痛苦亦复苏。

树叶，树叶姐妹，
我听到你们的哀泣。

秋日，
濒死的和煦。

哦，青春，
刚刚度过分别的时刻。

青春高远的天空
自由的冲动。

已是不毛之地。

迷失在这百转千回的忧郁中。

而夜晚迷失在远方。

大海般的寂静，
幻象中星星的巢穴，

哦，夜晚。

利古里亚的寂静

柔软的水的平原在衰退

水的坟墓里，隐秘的太阳
尚在沐浴。

一层轻盈的肤色消逝。

它猛然敞开胸怀
双目极尽温顺。

山峰沉没的阴影死去。

喜悦也会怒放甜蜜，

真正的爱情是一场寂静的燃烧，

我感受到静止的清晨
雪白的翅翼
我享受着它（燃烧）的弥漫。

回忆非洲

1924 年

而今，在无尽的平原
和广阔的大海之间，我将不再躲藏，我将
再也听不到，久远的时代朴素的鸣响，清冽，
消弭于透明的空气中；疯狂的
幻想不再任凭青涩的美丽赤裸，
昂扬于美妙的形式，
我也不再追逐
黛安娜，当她自稀疏的棕榈林显现，
身着光明敏捷的羽衣，
（一种目眩神迷的高冷，
无尽的丝绒
追随着她凝视的眼神
将可怜的欲望烧得通红

永远）。

当贪婪的一日萌芽
大海唯余轻薄的轮廓，
一只蜜蜂的高脚杯，不致饥渴而死，
已顾不得品尝，平原于我
似乎是，一只纯洁的乳房上，戴安娜的蛋白石
项链，既非不可见，
也不震颤。

啊！这是云雾密布、健忘的时刻。

岛屿

1925 年

河岸上，黄昏永无止息
古老而聚精会神的森林的黄昏，他走下去，
深入
他称之为羽毛的喧嚣
自溪水尖叫的
心跳脱落，
他看到一个
幽灵（憔悴复又振作）；
他回到高处，看见
一个仙女，沉入梦乡
笔直地抱紧一棵榆树。

他本身，时而是幻影，时而是真实的火焰

漂泊，来到一片草地，那里
处女眼睛里的阴影
浓密得如同
橄榄树下的黄昏；
分泌出枝条
一阵投枪困顿的雨，
这里，羊群在平静的温暖里
昏昏欲睡，
其余的在啃吃
熠熠生辉的毯子；
牧羊人的手掌是一块玻璃
光滑得如同一场轻微的热病。

湖　月亮　树　夜晚

1927 年

纤弱的灌木，遮遮掩掩
私语的睫毛……

苍白的妒忌垮塌了……

一个人，孤单单的，路过
以其哑默的惊慌……

闪闪发光的水闸，
通向太阳入海口的货轮！

灵魂，你满蓄着清新回归，

复原，明媚

阴郁的……

时间，逃窜般的颤抖……

安魂曲

1925 年

爱情，我青春的徽章，
返身为大地镶上金边，
在崚嶒的时日弥漫
这是最后一次，我凝视
（急流的脚步，在激烈动荡的
水中，它浩荡雄阔，穿洞越窟时，
凶险致命）光线的轨迹
如同哀泣的斑鸠
在草丛中局促。

爱情，闪闪发光的问候，
未来的岁月令我感到沉重。

被丢弃的忠诚的手杖
落入幽暗的水中
毫不足惜。

死亡，干涸的河流……

死亡，遗忘的姐妹，
亲吻我，
你将使我梦到同样的事物。
我将拥有你的步履，
我将奔赴那里而不留下任何痕迹。

你将给予我一位上帝
无动于衷的心，我将变得无辜，
我将既无意识，亦无仁心。

以封砌的心灵，
以陷入遗忘的眼睛，
我将充当通往幸福的向导。

三月之夜

1927 年

迎着你不期然的光华，下流的月亮，
回到，那阿波罗憩息的阴影，
不确定的透明之中。

梦重新睁开了迷人的眸子，
向着一扇高窗闪耀。

一念生起，
大地就将长出翅膀，
就将幻化为苦难。

七月

1931 年

每当她在我们上面丢弃，
就绘出玫瑰悲愁的颜色
美丽的叶簇。

溪涧融化，啜饮河流，
礁石的石磨，熠熠生辉，
那是执拗的愤怒，难以平息，
布满空间，模糊了目标，
那是夏日，千百年间
以其煅烧的眼睛
剥掉骨骼走向大地。

天后朱诺

1931 年

浑圆的如同曾经给予我的折磨，
你的大腿从另一个上分离……

放大你的愤怒，刺耳的一夜！

八月

1925 年

生者中萦绕不去的贪婪的哀伤，

一成不变的深海，
却丝毫不感到孤独，

压抑的铃声，来自疲惫的收获，

夏日，

直到剥掉石头的骨肉

灰烬在巨像中复活……

哪一个冥府在向你呼号？

一缕空气

1925 年

一缕空气流动……

花瓣，如同绽放在夜晚的错误之上
酸樱桃，贪婪的肩膀……

一切忧郁

1925 年

从蛇蜕
到胆怯的鼹鼠
一切忧郁都在大教堂顶上嬉戏……

像金黄色的船艄
太阳依次向星辰告别
并在葡萄架下蹙额……

像疲惫的额头
黑夜重新显露
于一掬掌心……

海滨浴场

1925 年

灵魂劝阻阴险的
窃窃私语的睫毛上
弱不禁风的灌木的等候。

闪闪发光的水闸，哑口无言的惊愕
向着不谙世事的灵魂
毁坏和带走空洞的遗体
向着冰冷的、星辰的入海口，
不谙世事的灵魂自水中返身
喜悦地重获
幽暗，

那年，在那阵颤抖中结束。

如同它自己

1925 年

船开走了，孤独的，
在夜晚的寂静里。

零星的光在远处
闪现，从家的方向。

在夜最深沉的地方
海沉入烟云的底端。

独自停留，如同它自己，
在倾盆大雨中消逝……

万象更新……

回声

1927 年

脱掉鞋子，自月亮之沙流逝，
一阵回声的曙光，热烈的爱恋，
你将芸芸众生、流亡的宇宙抛在
时日之肉中
持续不断的尾迹，一道暗淡的伤疤。

最后一刻

1927 年

月亮，
天空的羽毛，
上等羊皮纸般
的干燥，
你卷走了赤裸灵魂的沙沙之声？

对于苍白的月亮，
剧院废墟飞出的蝙蝠将闭口不言，
在梦中，那些山羊，
在干枯的叶丛中，如同在静止的白烟里
以它全部水晶的口干舌燥
一只夜莺？

微风

1927 年

黎明之剑
聆听苍穹，
和自它怀中上升的山峰，
我返回旧有的约定

山脚下，上坡的路紧绕着
一棵疲惫的树

自枝杈间
我再次看到鸟群升起……

源泉

1927 年

天空已太过憔悴
返回住所，发出辉光
播下眸子的源泉。

毒蛇复活，
修长的偶像，青春的河流，
灵魂，在夏夜回归，
天空进入梦乡。

拜托，我喜欢倾听你，
变换的坟墓。

两则注释

1927 年

小溪为草儿戴上指环，

斜睨的湖水冒犯着蓝绿色的天空。

黄昏的

1928年

在你裸体忧郁的波涛中
你劫持奥秘。微笑着，

呼吸中止了，没有什么比听到
你吞噬我更甜蜜
在濒死的光线中
那最后一缕照耀着阴影，大地！

红与蓝

我曾期待你们升起，
爱情的色彩，
而今，你们显露出天空的童年。

它带来梦中最绚丽的玫瑰。

寂静

葡萄成熟了，田地已翻耕，

山峰脱离了云层。

在夏日无数尘土飞扬的镜面上
阴影陷落，

在不确定的手指间
它们的光亮清晰，
遥远。

山丘逃避燕子
最后一次折磨。

宁静的

1929 年

闷热的一切都感受到夏天。

而你返回，一指宽的阴影，
虞美人重获血液，
月亮的血液，脱粒的声音
使芦苇繁殖。

恐惧死去。怜悯。

黄昏

1929 年

黄昏的步脚
一汪清水倾流
橄榄的光泽，

成就短暂而健忘的火焰。

如今，在暮霭中，我聆听蟋蟀和青蛙，

那里，柔软的青草颤抖着。

上尉

那时，我已做好出发前的所有准备。

当你内心怀着秘密，你就对夜晚充满慈悲。

如果乳儿将我蓦然
惊醒，我沉静地谛听
野狗于不存在的道路上发出的
呼号。它们于我
似乎比圣母像前的蜡烛更甚
一直长明于那间屋子，
神秘的陪伴。

不是趋向一场追赶

出生之前的回声，
我内心对人充满好奇？

而当，夜里，你的脸裸露
抛掷于岩石之上
我仅是元素的纤维，
疯狂的，显明在一切物体中，
那是被粉碎的卑微。

上尉面容安详。

（月亮朗现于天穹）

他身材伟岸从不卑躬屈膝

（它游走于云层之上）

无人目睹他阵亡，
聆听他临终时的呻吟，

再度露面时，他横卧于一道沟渠中，
双手放在胸前。

双眼紧闭。

（月亮是一叶帆）

仿佛羽毛。

初恋

1929 年

那是一个都市的夜晚，
微茫的光亮泛出硫黄和玫瑰色
那里，正如自顾自移动的阴影，
仿佛形状在上升

那是一个闷热的夜晚
当我突然间看到紫色的獠牙
在假装和平的腋窝下。

自那崭新和不幸的夜晚
自我被疏离的血液的根底
它们使我成为秘密的奴隶。

母亲

1930 年

当心最后一次跳动
使那阴影之墙坍塌，
好引导我，母亲，直到上主那里，
正如有朝一日您会牵着我的手。

双膝着地，神态坚毅，
您将是永恒面前的一尊雕像，
正如从前它看你的样子
那时，您还活着。

您将颤抖着张开年迈的双臂，
一如您呼吸时
常说的：上帝啊，我在这儿呢。

只有当您决定饶恕我，
您才会决意打量我。

您会记得，长久地将我等候，
您的眼中，将快速闪过一丝叹息。

1914—1915 年

1932 年

我看到了你，亚历山大城，
你松散易碎，有着光怪陆离的基座
使我成为
一抱悬浮的光中的回忆。

你逃离不过片刻，我并未痛惜
大海吐出的海藻何等温柔，
传递地狱的性欲。
既非干燥夜晚的无尽的、
耳聋的满月将你围困，
也非一片狗吠中，
一顶阴郁的帐篷下
地毯上的恋人和漫长的梦境。

我来自另一个种族，不曾将你失去
而在那比旧货更多的航船的
孤独里，我重返忧郁
你是失望的，异域的，
我的故乡之城。

在那些日子里，一如你的古怪，意大利
于我，似乎是被遗弃的失明日子里
一个最为漆黑的晚上。
而疑虑，珍珠癫狂的颜色，
如同暴风雨来临时刻
向着极限慢慢发出新芽，
它刚刚开始蔓延
曙光就已使熄炭复燃。

清澈的意大利，终于开口说话
向着海外移民的儿子。

她第一次看到

那为全体阵亡者的双眼和
梦境所熟悉的群山；
她听到激荡的声音，
自花岗岩的峡谷中涌出；
向她显露出多树的夜晚；
贞静的水中鱼儿的游动，
镜子返回集市的源头；
在而今已变得锐利的最后的嫩芽上，
那为枝尖的光芒镶上金边
串联起广泛话语的嫩芽
她第一次看到雪，
自葡萄树，零星的柏树，橄榄树间，
散落的茅屋上的烟，
因着种植场的平静
向下，向下，直飘向大海的远景
那海昏睡在扬帆的渔民中，
帆张着，在优雅的海湾中已准备停当。

你将我唤醒，在每个时代的血中，

在我眼里，你顽强，人性，自由
是大地上最美好的生活方式。

以千年来命中注定的优雅
重新诉说她的种种含义，
丰产的祖国，你勇敢地复活，
堪当一个爱慕者为你而引颈。

怜悯

1928年

1

我是一个受伤的人。

我愿意离开
最终抵达，
怜悯，那里人们听得到
一个人仅仅同他自己在一起。

除了骄傲和善良，我一无所有。

在众人中，我感到被放逐。

而我却为了他们而受苦。

难道我不配回到我自己吗?

我（的内心）挤满了名称各异的寂静。

我将心和头脑碎尸万段
以便沦为言语的奴隶

我君临于幽灵之上。

啊，干枯的叶子，
四处受摆布的灵魂……

不，我仇恨风和它洪荒怪兽
的声音

上帝啊，那些向你哀求的人
认识的仅仅是你的名字吗?

你将我从生命中驱离。

你也愿意将我从死亡中驱离吗？

或许，人也不配有希望。

而悔恨之泉已干涸？

若不再引向纯洁，
何必对罪大惊小怪。

肉体几乎不记得
它一度的强大。

灵魂，是疯狂和敝旧的。

上帝，看看我们的软弱。

我们期待保靠。

你甚至不再嘲笑我们？

那么，残忍，请怜悯我们。

我再也不能自闭于
无爱的欲望之中。

请为我们指引一条正义的辙迹。

哪一条是你的律法？

请用闪电劈击我可怜的激情，
使我从不安中解脱。

我已倦于无言的呼号。

2
忧郁的肉体
一度欢乐麇集，
于疲倦中苏醒的半闭的双眼，

你看到了吗，过于成熟的灵魂，
当我坠地，将会是哪一个？

死者的大道在生者中伸展，

我们是幽灵的河流，

它们是睡梦中爆裂的麦粒。

芸芸幽灵的期冀
无非是我们的命运？

而你，不过是一场梦，上帝？

至少是一场梦，目中无人的我们
想要和你媲美。

这是最坦率的疯狂的作品。

在枝条的云朵中不再颤动
犹如清晨的麻雀
落在眼睑的细线上。

在我们里面停留、衰微，神秘的伤痛。

3
阳光刺穿我们
一缕日益纤细的线。

若不是出于杀害，你就不再耀眼了吗？

请给予我这无上的喜悦。

4
人，单调的宇宙，
笃信于财富的扩张
自他紧张的双手
源源不断地涌出，永无止境。

在他粘着于虚无的
蛛网上，
他既不惧怕也不诱惑
若非自己的呐喊。

垒起坟墓以修补磨损，
永恒者，为了想起你
就只有渎神。

诅咒

1931 年

犹如火山口尖锐的岩石，
犹如溪流中筋疲力尽的石子，
犹如孤独而赤裸的夜晚，
上主果断的手
为何不将你的灵魂
自投掷器和恐惧中赎回？

这灵魂
通晓心的虚荣
和无耻的图谋
熟识世界的尺度
和我们思想的盘算
审断骄傲自大，

除了尘世的狂喜
为何人们不能承受苦难？

你不再眷顾我，上主

在肉体的盲目中
除了遗忘，我无计可施。

时间的意识

1931 年

因着恰如其分的光线，
唯有一道浅紫色的阴影跌落于
略高的桎梏之上，
远方向着尺度敞开，
我的每一次心跳，一如在使用着心脏，
但而今我听到了它，
时间，请快些将我抿在你的唇间
你最后的唇间。

第一歌

1932年

哦，阴影的姐妹，
死亡，你将我跟随，
光线越强烈，夜晚的阴影就越浓厚。

在一个纯粹的花园，
阳光下赋予你天真的渴望
和平已消失，
沉思的死亡，
在你的唇间。

自那刻起，
我在思想的流动中将你赞美
深化远方——

永恒那受难的竞争者。

心跳的恐惧和孤独中
数世纪刻毒的母亲，

被惩罚的、微笑的美人，

在肉体的昏昏欲睡中
逃亡的梦想家，

没有我们伟大的
睡眠的运动员，

当有朝一日你将我驯服，你是否会对我说：

在生者的忧郁里
我的阴影渴望经久不散？

第二歌

1932年

以狂热的爱抚
父辈阴郁的守夜
挖掘我们不幸面具下的
隐秘的生命
（无尽的禁地）。

死亡，哑默的言语，
犹如堆在血床上的
沙子，
我赞美你，吟唱
一如一只蝉在倒映的阴郁玫瑰中鸣叫。

第三歌

1932年

切开我们不幸面具上
秘密的皱纹
父辈无尽的戏弄。

在浓密的光里，
哦，混乱的寂静，
你固执，一如爱发脾气的蝉。

第四歌

1932 年

云曾抓住我的一只手。

山丘上，我焚烧空间和时间，
一如你的一位信使，
一如梦，神圣的死亡。

第五歌

1932 年

你闭上眼睛。

夜晚诞生
满布虚假的洞穴，
寂灭的声音
如同沉入水中的渔网上的
软木浮标。

你的双手犹如
不可侵犯的远方的一丝微风，
晦涩的一如观念，

和月亮的双关语

摇曳不定，无比甜蜜，
若你像把它们放在我的眼睛上，
触摸灵魂。

你是那擦肩而过的女子
如叶子一片

你在树上留下秋天的一道火光。

第六歌

1932年

呵，美丽的猎物，
夜晚的声音，
你的姿态
煽动了热病。

唯有你，疯癫的记忆，
能够俘获自由。

浑浊的镜子里，在你
晦涩、摇晃的肉体上，
梦幻，哪些罪恶
你没有教会我触犯？

幽灵，同你们在一起，我就从无节制，

你们的悔恨注满了我的心
当白昼降临。

贝督因人之歌

1932 年

一位女子起立吟唱
风追随着她，使她变得迷人
她横陈大地之上
真实的梦境将她攥紧

大地是赤裸的
女人是多情的
风是强劲的
梦是死的。

谣曲

1932 年

我再次看到你冷漠的嘴唇
（大海迎向黑夜的嘴唇）
和腰部的牝马
它们曾在我的怀抱里吟唱，
使你濒临绝境
将你带入一场梦境
那为生机勃勃者和新亡者而设的梦境。

每一个陷入
爱河的人，都会在自身发现残酷的孤独，
而今无穷无尽的坟墓，
从你身上，将我永远地一分为二。

亲爱的，你遥远的如同在一面镜子里……

“当每一缕光线都寂灭”

1932 年

当每一缕光线都寂灭
我所见唯有我的思想，

夏娃将我放在她的眸子上
那失去的天堂之帷。

序曲

1934 年

迷人的月亮，你如此疲倦
以致，撕破了宁静，
斜倚在山头的老栎树群上，
一抹光滑的面纱。

哪一声呼号？

1934 年

在夏夜，
你撒播惊奇，
慢悠悠的月亮，每日悲伤的
幽灵，极端的太阳，
你在嘲笑哪一声呼号？

含沙射影的月亮，
不断鲁莽地惊扰
沉睡中的大地，
在你忧郁地抚摸下，
大地发狂地朝向缺席者
哭泣，它是母亲，
对于它，对于自己，你停留不过一日
就连月亮易逝的斗篷也不过如此。

不复有重量

——给奥托内·罗萨伊

1934年

因为一位童婴般微笑的上帝，
那微笑如麻雀无尽的啁啾，
那微笑如枝杈间无尽的舞蹈，

一颗灵魂便失去了重量，
草地上有着那般的温柔，
那缕羞涩在眼中重现，

双手如树叶
在空中神魂颠倒……

谁会更加胆战心惊，谁会做出审判？

群星璀璨的寂静

1932年

树与夜
全然无动于衷
若非巢中窸窣。

若你，我的兄弟

若你，我的兄弟，伸手
活生生地重新向我迎来，
我就依然能够，
再次跃入遗忘，握紧
兄弟的一只手。

而有关你，有关你的一切，围绕我的
唯有旧梦，微光，
失去昔日火焰的锅炉。

对我来说，记忆里打开的
仅是一些画面，而我自个儿
除了思想完好无损之外
早已不再是我自己。

日复一日

1

“没有人，妈妈，承受过如此多的苦难……”

面容已消逝

而眼睛仍炯炯有神

自枕边转向窗户

麻雀填满了房间

冲着父亲为了吸引小儿子

而撒下的面包屑……

2

而今，只有在梦中我才会吻他

值得信赖的双手……

我说话，工作，

我刚刚发生了改变，害怕，抽烟……
我如何能承受如许黑夜？……

3

岁月，谁知道，将会带给我
什么别样的恐惧，
但是，我依然感觉得到，你近在咫尺，
带给我安慰……

4

你们将永不会明白，羞怯的阴影，
如何站在我身边，启明我，
当我已不再心存希冀……

5

而今，无辜的声音在哪里？在哪里？
回荡于整个房间
减轻了一位疲惫之人的悲伤？

6

每一个新的声音都是一个熄灭的回声

而今一个新的声音将我呼唤

自不朽的极顶……

7

我在天国寻找你幸福的面孔

而我的双目该一无所见

当上帝也希望它们闭合……

8

我爱你，我爱你，经久不息的心碎！……

9

暴烈的大地，残酷的大海

我自坟地分离

那里，殉难的躯体

而今枝蔓丛生……

无足轻重……我日益清晰地听到

灵魂的声音

10

我返回丘巅，钟爱的青松
和你我将听不到的
祖国的乡音，在空中律动，
每一次呼吸都将我粉碎……

11

燕子掠过，夏天也随之飞逝，
而我，我也会说，我将离去……
短暂的黯淡将不仅仅留下
折磨我的爱的标记
如果我从地狱抵达某种宁静……

12

斧子下失望的枝条
刚刚发出抱怨就倒下了，除非
叶子触到了微风……

愤怒击倒了柔嫩和
热切的形式
一语悲悯将我消耗殆尽……

13

夏天再也带不给我疯狂，
春天也不再带来预感；
秋天，你可以连同你
蠢笨的荣耀一道衰落：
为了一个光秃秃的欲望，冬天
伸展着最为宽厚的季节……

14

秋季的干燥
于我，已在沉甸甸的骨头里，
一道无止境的、疯癫的闪光
从阴影中延伸，
幸免于难：
黄昏隐秘的折磨

坠入深渊……

15

我将怀念意义动人心魄的焦虑
而没有长久的悔恨？
听着，瞎子：“灵魂已自
毫发无损的普遍的灾祸动身……”

不再听闻它纯真的热切呼唤
要比感到罪恶胆怯的叫喊
在我的体内几乎熄灭
使我更免于气馁吗？

16

向着玻璃上鸣响的闪烁
一道反光将桌边的阴影裁成方形，
肿胀的绣球自花坛
返回酒坛易逝的荣光，一只陶醉的雨燕，
云彩的红晕中的摩天大楼，

树上，一个小孩子的喧闹声……

波涛无尽的轰鸣
那时，在房间里也听得到
沉湎于一条蓝色的线不安的
坚定，每一面墙都隐没……

17

天色晴好，你或许途经近旁
说道：“日头和广阔的空间
使你平静。在纯净的风里，你听得到
时间的行走和我的声音。
我在自身一点点收集，而后终止
你的希望那哑默的冲动。
于你，我是晨曦和完好无损的白昼。”

苦涩的和弦

或许，在一个十月的正午
自匀称的山丘
在浓密而下降的云层中
狄俄斯库里兄弟[1]的骏马
欣喜若狂的马蹄上
一位幼童伫立
于翻滚的波涛之上

（记忆苦涩的和弦
朝向香蕉树的阴影

1 狄俄斯库里兄弟（Dioscuri）：希腊神话中的人物，为宙斯和丽达所生之孪生兄弟卡斯托耳和波吕丢刻斯的统称，死后化身为双子座。

朝向巨大漂泊的
海龟的阴影，海龟受困于
无法穿越的辽阔水域：
在另一个星系之下
置身罕见的红嘴海鸥群）

我向着平原飞翔，孩童自那里
逃进沙中，
缘于灼热的闪电的光芒
被逆风的雨打湿的
可爱手指的透明度
抓住了全部四大元素。

而死亡单调无色，毫无知觉，
对所有的律法一无所知，一如既往地
以其下流的牙齿
掠过他。

你粉身碎骨

1

繁多，无边，散乱，灰色的岩石
依然向着原初被窒息的火焰
的秘密投掷器
或是向着冲入无从和解的温柔的
原始急流的恐怖微微颤抖
——你是否记得，空空如也的地平线
沙丘刺目的光芒之上岩石的坚硬？

它俯下身去，向着峡谷的阴影
独一无二地凝聚开放，
水杉，渴望在险峻的岩石内部
扩展、转动它静悄悄的血管

比其他备受折磨的纤维更为倔强，
蝴蝶和野草清凉的嘴儿，
青草自根部被剪除，
——你可还记得
一块圆鹅卵石的三个手掌上沉默的疯狂
以一种完美的犹豫
神秘地显现？

轻盈的戴菊鸟在树枝间穿越，
渴望的眼睛因惊奇而陶醉
你在色彩斑斓的山顶捉到它们，
莽撞、悦耳的幼儿，
只为再度观看一道幽深、宁静的
大海之渊闪闪发光的深处
寓言般的海龟
在水藻间苏醒。

大自然极度的紧张
和水底的盛况，

葬礼的警告。

2

你举起双臂，一如翅翼
将诞生还给风
在静止不动的空气的重量中奔跑。

从没人看到过你跳舞时
轻盈的双脚摆好了姿势。

3

愉悦的优雅，
你怎么可能没有粉身碎骨
在如此冷漠的盲目中
你纯粹的气息和水晶，

渎神的、过于人性的闪电，
赤裸的太阳
浓密、激烈、挥之不去的咆哮。

还有你，我的河流

1

还有你，我的河流，致命的台伯河，
此刻纷乱的夜在流淌；
此刻执拗的
如同自石头上奋力摔裂的
一声羔羊的呻吟在蔓延
迷失在吃惊的街衢；
对恶的期盼从未间断，
恶中之恶，
恶的期盼无从预料
阻碍着灵魂和步履；
啜泣无有穷期，伴以长久的嘶哑
封冻了变动不居的兽穴；

此刻，被毁损的夜在流淌，
每个瞬间，众多抵达的征兆
都猛然消逝，恐惧于
冒犯，近乎神圣的形式，发出光辉
为了数千年人类的上升；
此刻动荡的夜在流淌，
一个人所能承受的，我全然知晓；
此刻、此刻，当苦难
窒息了被奴役的、深渊般的世界；
此刻，难以承受的折磨
在有着血海深仇的同胞兄弟中放纵；
此刻，我渎神的双唇
冒昧地说出：
“基督，体贴入微的心跳，
为何你的仁慈
如此遥远？”

2

此刻，山羊和绵羊

惊慌四散，沿着大街
那已是都市的大街，使它们悲痛；
此刻，一个历尽海外流亡
撕裂的民族，
经受着流放
愚蠢的不公；
此刻在深坑中
伴随着扭曲的幻象
和无耻之手
自人的脸庞上，人类撕碎了
神圣的形象
呼号的悲悯签订了石头之约；
此刻，无辜
要求哪怕一个回声，
即便最坚硬的内心也在呻吟；
此刻，其他一切的呼号已然徒劳；
在凄惨的夜里，此刻，我看得清清楚楚。

此刻，我在凄惨的夜里观看，学习，

知晓地狱洞开于大地之上
以人类发狂地逃避，
你受难的纯洁的
尺度。

3
散居在大地上的人类
痛苦的总和
在你的心上留下创伤；
你的心是爱热情
的居所，那爱绝非徒然。

基督，体贴入微的心跳，
星体在人类的黑暗中成了肉身，
兄弟，为了仁慈地
重塑人类，你永久地
献出了生命，
圣徒，蒙难的圣徒，
无论主、兄弟，还是上帝，你知道他们是脆弱的，

圣徒，蒙难的圣徒，
为了自死亡中解放死者
安慰我们不幸的生者，
我不再为了自己的一滴泪而哭泣，
瞧，你在召唤我，圣徒，
圣徒，蒙难的圣徒。

穷人的天使

而今，鲜血和大地最苦涩的怜悯
侵入黯淡的头脑，
而今，诸多无端丧生者的沉默
测量着我们的每一次心跳，

而今，穷人的天使苏醒过来，
灵魂残存的仁慈……

以数世纪无可遏止的姿态
降临在他古老民族的前方，
那阴影中跋涉的……

请别再吵闹

别再杀害死者，
别再吵闹，别吵闹
如果你们还想听到他们的声音，
如果你们希望他们不会消亡。

他们微弱地絮语，
不再发出喧哗
那样对青草的生长不利，
草儿欢畅于无人路经之地。

大地

镰刀上或许有
一丝光泽，小酒馆里的喧闹声
或许渐次消歇
慌乱，风或许由另一种盐
吹红了眼睛……

湖面上，你能听到轮船龙骨下沉的
声音变得苍白，
或者，一只红嘴海鸥愤怒地啄食，
逃遁的猎物，镜子……

你伸出盛满黑夜与白昼
麦粒的手，

你看到绘在无形的
秘密之墙上第勒尼安海豚的
祖先，而后，（你看到）船只
后面，它们愉快地跳跃，
而你依然是从不停歇的大地
发明者的灰烬。

无时无刻不警惕于橄榄园的沙沙声
能再度唤醒昏昏欲睡的
蝴蝶，
死者将唤起你的清醒，
缺席者令你彻夜难眠，
财富急速的波动中
灰烬——阴影的力量。

愿风持续地泼洒，
从棕榈到冷杉，愿沉默的
喧哗永远悲痛，
死者的呐喊更强烈了。

听到成为可爱的死者的我的言语

1934 年

死亡自我们哑默的
眼神消散
我们苦难的暴行
安静了片刻，
幽谧的房间里，你的幸福
显得步伐庄重

四月，哦，柔软的美
年岁中光彩熠熠的青年
以你的和煦，
你返回，
那忧郁的盼望最为料峭之所。

再一次

自专注的前额。

你在熟悉的事物中，

重新找回了

你的思绪

神魂颠倒，

然而，温柔的，你的话语，

已然使一切复活，

深可及底，

那爱过你的人，那在回忆中

迷途的、单单只爱你的人的

短暂平复的痛苦

而今受到了惩罚。

狄多灵魂状态的描述性合唱

I

阴影消散，

于岁月之久远，

当焦虑不再撕扯他的心，

你听到，那时小孩子的
胸膛因渴望而高高挺起
而你惊恐的眼睛
自芳香的面颊
泄露了四月鲁莽的激情

嘲讽，勤勉的幽灵
令时光也变得怠惰
它的愤怒发出长长的谴责：

请离开我粉红色的心！

夜，将能够，随着年龄
使久已平息的沉默的冲突自行消散？

II

夜晚，因一束悬浮的火
而延迟
一阵青草的颤动，似乎
渐渐结合进无尽的命运。

而后，未曾察觉的月亮的回声
诞生了，溶入水的潋滟。
我无从得知哪一方更加活跃，
潺潺声蔓延至陶醉的溪流

或者，保持警觉者缄默不语。

III

而今，风平息下来
大海平息下来；
万物噤口；而我却大声呐喊
我内心的呐喊，
我喊出爱，喊出燃烧着内心的
孤独的羞耻
自从我看见你，你也凝视我
我便不过件软弱之物。

我呐喊，而不安的内心熊熊燃烧
除了是一坍塌和遗弃之物
我一无所是。

IV

我的灵魂中唯有隐匿的心碎，
丛林密布的赤道，沼泽上方

森冷的雾气凝结
梦中的欲望
陷入从未降临人世的癫狂

V

尚未断奶，未成年的孤儿
就太过急迫地（渴望）长大，
梦中，焦虑已将我们引向
另一片陆地？
初熟的瓜果五颜六色，
香味弥散
精致
而令人欣喜地展现在阳光中
不多久，就会奉上真正的多汁的
瓜果，我们曾坚持彻夜不眠。

VI

奥秘已失去了它全部的诡计，
为漫长的生命佩戴惯常的冠冕，

（奥秘）变换着自身，
赐予懊恨滴滴胆汁。

VII

在静悄悄的暗夜里，
你步入田间，收光每一粒麦子：
你傲慢，不希望身边有任何人。

VIII

你的秘密从我的脸上来到你的脸上：
我的，是你可爱面庞的复制品；
我们的眼中空空如也
令人绝望，我们昙花一现的爱
在永远迟疑的风帆上战栗。

IX

海上漂泊的景致不再
吸引我，这里或那里叶梢上
令人心碎的苍白的曙光同样如此；

我也不复和岩山搏斗，
我为双眼披上古老的夜。

世间万象，于我，这被遗忘者
又有何用？

X

你听不到悬铃木？
你听不到树叶沙沙作响
忽然跌落在河边的石头上？

今夜，我的衰落盛装打扮；
人们将看到，一缕玫瑰色的闪光
和干枯的叶子结合。

XI

无以平复
既然一朵飞逝的云的空间
将它们奉献给我们隐秘的

交替蕴含的激情
我们苏醒的、天真的孪生
灵魂，已逃之夭夭。

XII

港口，向着暴风雨，向着黑暗敞开
众人皆谓之安然无恙。

海湾群星闪烁
它昔日的天空仿佛永恒不变；
而如今，变化何等剧烈！

XIII

自迷人的山巅下行，
若它的爱依然不得不
喷发，它将不动声色地
让人统计它无以计数的，
遍布每一时、每一分的尖刺

XIV

为了忍耐阳光，
你的目光，皱着眉头
迷失在山巅，在你无畏
的眼睛里，那眼睛从未，而今从未
停留在你的身上。

为了忍受外来者，
你依然喜爱的狂妄的傲慢，
而今，你呆滞、干枯的眼神
以徒劳的恳求，将命运归咎于你的过错；
但是，再也找不到任何的恩宠，
甚至连一缕光线也无从闪烁，
或者一滴孤独的眼泪，
你呆滞、干枯的眼神，

呆滞，毫无光泽。

XV

你不会明白，你的过错
没有一缕烟引向睡梦荒凉的
门槛，低声地。

XVI

来自蔬菜的阴影该不会失焦
犹如你曾陷入时间的玫瑰色圈套
夜里返身躺下
伴随着草地上渐弱的呼吸，
你将自身所镀的第一层金
拆成变幻不定的流苏，在静悄悄的半睡半醒中。

XVII

你从黄昏拖拽
一只无尽的孤翼。

以其最短暂的羽毛
涂上了条纹状、心不在焉的阴影，

沙子无有涯际

或许你该复活。

XVIII

愤怒将不幸的田野留给了麦穗，

城市，不久，

也将失去它的废墟。

我看到，唯有灰色的苍鹭

在沼泽和灌木丛间漫游，

在鸟窝和贪吃的幼鸟的粪便旁

发出惊恐的鸣叫

即便出现的，仅是一只乌鸦。

留给你的名声

蔓延为恶臭，

你没有展示出比你更多的标志

若非卑鄙瘫痪的形状

如果我注视你令人厌恶的呼喊。

XIX

你将傲慢抛在憎恨中，

抛在悲伤的过错中。

诗人的秘密

我唯有黑夜这位女友。
时时刻刻将会同她
厮守，无片刻虚度；
而时光，我传递着自个儿心跳的时光
由我随心所欲，从不令我分神。

当我听到，她就碰巧来临，
而她重新自阴影分离，
不变的希望
在我里面，她重新找到了火
并在沉默中，不断归还
对于你尘世的姿态
如此被眷恋，以致不朽者宛若，
光芒。

终曲

大海不再咆哮，不再窃窃私语，
大海。

没有幻梦，大海是无色的田野，
大海。

大海也怀有怜悯，
大海。

射不出大海的云朵在流动，
大海。

大海向悲伤的河流出让河床，
大海。

你呐喊：我窒息

你无法入眠，无从入眠……
你呐喊：我窒息……
你瘦骨嶙峋的脸上，
双目，依然明亮
仅仅片刻之前，
眼睛大睁……迷茫……
昔日，我常羞怯、
叛逆、混沌；却在你的目光中
重生出纯净、自由、幸福……
而后嘴巴，嘴巴
一度，在你的生活中，仿佛
优雅和喜悦的闪电，
嘴巴在沉默的斗争中扭曲……

一名孩子死去……

九年，一个封闭的圆，
九年，再也放不进哪怕一日，
一分：
我希望的唯一的火苗
为它们补充燃料。
我可以寻觅你，可以重新找到你，
可以前去，不断地去
看望，你在九年里
从一个点长高到另一个点。
我依然可以，
可以清晰地
感到你的手在我的手里：
你小孩子的手
紧紧抓住我那不认识它们的手；
你的手变得敏感，
越来越意识到
自我遗弃在我的手上；

你的手变得干枯
孤单——苍白极了——
孤单地阴影中停留……
上周它们还盛开过……

我到家中为你取衣裳，
他们却要将你永远地关在
棺材里。不，你永远
是我的灵魂的精神，你解放了它。
而今，你解放了它
要比它不晓得你如生的笑容好得多：
来，考验它，给它力量，
如果你愿意——亲爱的（让我加入你的行列）——将我提升到
生者宁静，无有死亡的处所。

从你生还，我为窃取你的
年纪的恐惧而赎罪，
我为接续你的年龄的自身年纪的恐惧而赎罪

内疚的疯狂，
似乎，在我们这些有死者当中，
你还在继续成长；
不过，是孤零零地、空空地成长，
我的令人憎恶的衰年……

那时是夜里，如同现在一样，
你把手伸给我，纤细的手……
在我和我之间，我感到惊恐，我留神聆听：
南半球的天空过于蔚蓝，
太多的星星满布其上，
太多了，对我们来说，没有一颗是熟悉的……

（无动于衷的天空，在没有一丝微风中下沉，
我将持续不断地听到的无动于衷
压迫着那伸出去躲避它的手……）

飞翔

阿姆斯特丹　1933 年 3 月

山丘上方，成群的凤头麦鸡
在飞翔，那日黄昏，酷似玻璃，
在与绿色的、深蓝色的、紫红色的闪电的
金属的反光中，破碎了。
在撒丁岛过冬的凤头麦鸡
降落于此，（这是）别的日子。
当于不可见之地踱步，我听得到它们
寻寻觅觅，看能否找到一条蚯蚓，
天色已昏黑，怕迷失方向，它们发出尖利的鸣叫。
翌日拂晓，它们返归巢穴，
发现里面空空如也，
头生的一打鸟蛋
被淘气的孩子们掏走了（嚷嚷着“住嘴！”

“慢点！”），

他们骑着自行车，带着鸟蛋去找小威廉姆，

春天来了。

应许之地的最后诗篇

罗马　1952—1960 年

1

粘连在今天的、
过去的日子
和未曾到来的其他日子。

此去经年，漫长的时代
每一个瞬间
意识到我们依然活着，
始终流淌着，一如永远的生者的
惊奇，出其不意的馈赠与惩罚
在徒然的变化
那持续的盘旋中。

对于我们的命运而言
我继续跋涉的旅途，
转瞬间
从头到脚
复兴、发明了时间，
流亡的时间，一如其他
过去、现在、将来的（时间）。

2
若在那众日之一日的接合处
我苏醒，依然全神贯注于领悟自己
我选择那个时刻，
它将使我永远返回精神之中。

人，物体或事件
哦，非同寻常的场所或奇特的人
激起谵妄，或焦虑，
或昏昧的心醉神迷
或牢不可破的感情，

它们，不可改变者，成为了我。

而对于我的生命而言，没有什么比
对恐惧的增长更专心致志的了，
虚空增加，熙攘的阴影
留下给心跳的
极端的愿望，
可能会看到
沙漠延伸
直到阴影缺席
甚至回忆那猛烈的仁慈？

3
当一个日子抛弃你
你就想到另一个日子的怒放。

诞生总是满怀应许
尽管是悲痛的
你告知每个日子的经历

在联结、松脱或持续中
若非飘荡的烟，也绝非岁月。

4
向着终点逃离：
谁能将它识别？

梦不见伊塔卡[1]
迷失在千变万化的大海，
视线投向沙漠中的西奈半岛
清点千篇一律的日子。

5
人们穿越沙漠，头脑中
残留着些许先前的画面，

1 伊塔卡（Itaca）：乃奥德修斯（尤利西斯）的故乡。特洛伊战争结束后，奥德修斯历经重重困难终于回到故乡伊塔卡岛。

活人中无人知晓
应许之地。

6
若路途无有穷尽，
哪怕一瞬也不会持续，死亡
已降临此地，片刻之前。

中止的一瞬，
尘世的生活难以为继：

若这一瞬折断于西奈之巅，
律法便为那劫余者改头换面，
妄想则重新振作，施展暴行。

7
如果你只手抵挡不幸，
而借着另一只，你很快就会明白
万事不过是一堆瓦砾。

生活仅止于求生？

你用只手抵挡命运，

而另一只，你看，很快就会证实

你抓住的

不过是记忆的碎屑。

8

我常扪心自问

一如从前的你我。

我们流浪，或许是梦幻的祭品？

在那些日子，

我们的行动由梦游者实施？

在回声的晕圈里，我们渺远，

而自我里面，你重新浮现，在微弱的低语声中

我听到，你自梦中升起

许久以前已预见了我们。

9

每一年，当我发现，二月
因羞怯、暧昧而敏感，
黄色的含羞草，霎时
冲刺般绽放。一度
为我居所的窗户
为我消磨暮年的窗户
镶上镜框。

当我抵达广阔宁静的周遭，
无物死亡将成为征兆？
若它的外观周而复始地回返。

或者，我将最终洞悉，死亡
除了外观，没有任何疆域？

10

在我的双目之中，你有着隐秘的忧虑，
为此，我只看得到不安的忧虑波动
在你的夜曲中独自休憩，
你牢记于心的肢体，
黑夜，补充了我所习惯的幽暗，
除了成为黑夜，我再无别的可能。
在哑默的号叫中，黑夜。

11

是雾，模糊了你渴望的缺席，
是希望，磨损了希望，
从远离你的地方，我听不到婆娑低语的
树枝挥霍着树叶
以初学者的嗓音
当你在我苍白的血管里
煽动春天的炎火。

12

西天，感到黯淡的肩头

血迹在扩大，

感到，自记忆之夜的深处

血迹修复，不久，

将在虚空中与世隔绝，

孤零零地流血。

13

秘密的玫瑰，你绽放于深渊之上

只有当我惊恐地回忆起

当挽歌响起

你的气味如何即兴挥洒。

召唤的奇迹将我融化

那时，夜中之夜

只为迷失和重新找到那一度追寻的你，

越是自由

真相、迷惑和穷追不舍，

就越是炽热。

14

爱，一如日光，持续增强，
或抵达顶点，

日光自南方离别
哪怕只是一瞬
你已可以称之为死亡。

15

若享乐围困他们，
他失望于寻求光明
在云端看到
贪得无厌的赎金
汇聚风暴，制动器。

16

从一个星辰到另一个

黑夜自囚于
盘旋、无尽的虚空中，

从一个星辰的孤独
到另一个星辰的孤独。

17
耀眼的空间发出
看不见的光芒，那里，疯狂的星辰
以孤独的重量
穿越远古的生命。

18
为了承受光明，它的长鞭，
若光明显现，

为了承受光明，为了眼睛
不眨地凝视它，
我从一开始培训呀，

赔补你的过错

为了承受光明，
我反抗它的鞭子
我抽取可怕的预兆，
我们的喜悦将无与伦比！

19
愿清醒和睡梦全都停止，暂时离开
我疲惫的肉身，
渴求你的抚慰，永无休止。

20
若我再度对我的时辰茫无所知，
或许，我该再度颤抖于
那一刻的颤抖，它曾刹那间使你
感到缺少灵魂的幸福？

21

或许我可以毫无恶意地

回转，孩子？

以无法直视的双眼，

至少，当泉水贞洁的不安

向着光线跳动？

22

若你们，我的亡人，和寥寥我钟爱的生者，

不出现在我的思绪中

带给我安慰，

我晓得，缘于孤独，黄昏，

令人窒息，黄昏，艰于呼吸。

23

在这个忍耐的世纪，

焦虑而匆忙地

朝向天空，向下复制

甚至，生出壳，听凭它的摆布
令我们微不足道，毫无限制，
自 12 千米的高空
飞行中，你可以
看到时间发白，成为
某一个美妙的早晨，
你可以，无须参照
包围的空间，
前来提醒
你被以每小时数千英里的
速度投射，
不可遏止的好奇
和宿命的渴望
你忘记人类
永远也不知道停止扩张
已扩张至非人的尺度，
你会明白一个人该如何离开
既不匆忙，也没有耐心
在云幕下，张望

直至黄昏时分，大地被点燃。

24

就让鸾鸟蓝色的利爪抓住我
在太阳之巅，
将我抛在沙滩上
成为乌鸦的美餐。

我的肩头将不再顶着泥点，
我将被火
呱呱叫的鸟喙
豺狼尖牙的撕扯净化。

而后，贝督因人手持棍子
自沙中寻找
翻检它，将展示
一堆皑皑白骨。

25

无月之夜降临
锡拉库萨，铅灰色的
死水自沟渠中重现，

我们独自走入废墟，

远处，一位琴弦匠动了。

26

被垂死者的喘息所窒闷，它消失
回返，再度回返，愤怒地回返，
而我越来越清晰地听到它在我里面
从未如此强烈，
清晰，温情，更加可爱，更加可怕，
你熄灭的话语。

27

爱不复是那场风暴

在晚祷中，我眼花缭乱
片刻之前，它还曾将我搂抱
于失眠和焦躁之际

他因灯塔而周身闪耀
他静静地向着它航行
年迈的船长。

无言的谣曲

罗马　1957 年 10 月

1

鸽子，折弯了

太阳的光线……

咕咕叫着，若你入眠，

它会来到你的梦中……

光明会降临，

秘密地生存……

广阔大海的

情人，在你发出第一缕叹息时

将会明了……

大海，已经久闪烁

波光潋滟，

为入梦者而敞开……

2

你监禁的光明

不仅仅魅力非凡……

于你，它貌似顺从，

却另有所图……

它很快变得无度，

渴慕深渊般的大海……

你踌躇，飞行

迷失在你的体内，

人们凭着回声搜索……

在叫喊中，愤怒

损坏了你的灵魂，

光线重返白昼……

永远

罗马　1959 年 5 月 24 日

我将不无耐心地梦见，
自己向永无休止的
劳作折腰，
渐渐地，在重生臂膀
的顶端，
我曾经救助过的人们，重新张开双手
在他们的墓穴中
眼睛重新睁开，他们将再次带来光明，
突然间，你完好无损地
复活了，你的声音
将重新为我导览，
而今，我一劳永逸地重新看到了你。

夜无时无刻

瓦洛内　1917 年 4 月 18 日

我惨淡的
生命的延展
莫过于对自身的惧怕

在一个以它
微弱的触觉
践踏我
挤压我的
无限中

你的光芒

爱，渐渐消逝，太阳
如今伴随着漫长的黄昏。

以同样缓慢的折磨
我曾看到你的光芒变得遥远
因为我们之间那不短的分离。

夜晚迫在眉睫

维尔萨　1917年2月15日

在夕阳彻照的

漫天云彩

那脆弱的上升中

生命空无一物

享受

维尔萨　1917年2月18日

我感到自己在发烧
这阳光充溢
的灼烫

我像接纳
变甜的果实一般
迎接此日

今夜
内心将涌现
一阵悔恨，如同
消逝在

沙漠
里的一声
狗吠

以灼热

1925 年

以眼中的灼热，思乡的狼
环顾赤裸的寂静。

所见唯有冰上天空的暗影，

昏沉沉的蛇和短暂易逝的紫罗兰。

星辰

1927 年

它们返回高空，点燃传说。
将在第一缕风里，随树叶陨落。
而当另一丝气息萌动，
新的闪烁将卷土重来。

孤独

白天，孤独将我护佑
夜里，焦虑则以我为盾。

在我的阴影里，我漆封你的思想
一颗年少的灵魂是它的珠光宝盒。

初次相遇的刹那已然消逝
（如此）短暂，你翌日的离去
将我关入那犹如数世纪的坟墓。

给自己的生日祝福
——致贝尔托·里奇

1935年

太阳温柔地沉没。
过于明亮的天空
脱离白昼。
颁布孤独。

犹如声音
自遥远的距离传来。
恭维就是冒犯，
此时，它有奇特的艺术。

难道这不是已获自由的秋天
首次露面？
与其他的奥秘一道

事实上，它奔跑着为自己镀上金色
好天气夺走了
疯狂的礼物。

然而，然而我想发出喊叫：
迅疾的、肉欲的青春
在黑暗中，你把我拉向我自己
顺从永恒的图像，

留下吧，苦难，请别离开我！

1966年9月13日

伴随着电话的颤抖，双手
握紧电话线；
片刻之前，它
为我带来
你告别的声音。

灯光散发出飘忽的光线，
我的亲吻的
灵魂的细线
仅仅源于情欲。

而我经久不息的爱
将在流亡中使我们获得自由。

命运

玛利亚诺　1916 年 7 月 14 日

劳作吧

一如随意一根

被制造的纤维

我们为何要抱怨？

呼喊

1928 年

夜晚降临
我曾躺在单调的草地上，
痴迷于
那无尽的渴望，
浑浊而长出翅翼的呼喊
如同死亡阻绝了光线

空虚

瓦罗内 1917年8月19日

突然间
无限那
透明的
蒸汽
在废墟上
高大起来

水面上
弯曲的
人
惊奇于
太阳
找到自身的

阴影

（阴影）晃动在摇篮里

慢慢

破碎

图书在版编目（CIP）数据

覆舟的愉悦：翁加雷蒂诗选／（意）朱塞培·翁加雷蒂著；刘国鹏译．—南京：译林出版社，2024.4
（俄耳甫斯诗译丛）
ISBN 978-7-5447-9923-2

Ⅰ.①覆…　Ⅱ.①朱…②刘…　Ⅲ.①诗集－意大利－现代　Ⅳ.①I546.25

中国版本图书馆 CIP 数据核字（2023）第 190993 号

覆舟的愉悦：翁加雷蒂诗选
［意大利］朱塞培·翁加雷蒂／著　刘国鹏／译

丛书主编　凌　越
责任编辑　张　睿
装帧设计　陆智昌
校　　对　张　萍
责任印制　颜　亮

原文出版　Mondadori, 2001
出版发行　译林出版社
地　　址　南京市湖南路 1 号 A 楼
邮　　箱　yilin@yilin.com
网　　址　www.yilin.com
市场热线　025-86633278
排　　版　南京展望文化发展有限公司
印　　刷　南京爱德印刷有限公司
开　　本　850 毫米 ×1168 毫米　1/32
印　　张　10.375
插　　页　4
版　　次　2024 年 4 月第 1 版
印　　次　2024 年 4 月第 1 次印刷
书　　号　ISBN 978-7-5447-9923-2
定　　价　59.00 元